L'ARCHITECTURE

ET

L'INDUSTRIE

COMME MOYEN DE PERFECTION SOCIALE,

PAR

AMÉDÉE COUDER.

Omnis spiritus laudet Dominum.
PSALM. CL.

PARIS,
CHEZ BROCKHAUS ET AVENARIUS,
RUE RICHELIEU, 69.
LEIPZIG,
MÊME MAISON.
1842.

L'ARCHITECTURE ET L'INDUSTRIE

COMME MOYEN DE PERFECTION SOCIALE.

TYPOGRAPHIE LACRAMPE ET COMPAGNIE, RUE DAMIETTE, 2.

L'ARCHITECTURE

ET

L'INDUSTRIE

COMME MOYEN DE PERFECTION SOCIALE.

PAR

AMÉDÉE COUDER.

Omnis spiritus laudet Dominum
PSALM. CL.

PARIS,
CHEZ BROCKHAUS ET AVENARIUS,
RUE RICHELIEU, 69.
LEIPZIG,
MÊME MAISON.
1842.

L'exécution d'un Palais des Arts et de l'Industrie, sur un plan aussi étendu que celui du projet que je fais connaître en ce moment, n'a jamais fait briller à mes yeux d'espérances trompeuses; pour moi, la réalisation ne s'est pas même réfugiée dans l'avenir : car bientôt peut-être l'oubli aura passé sur tout ce que j'ai tracé; ce n'est qu'un thème, sur lequel sont venues se répandre mes pensées d'art et quelques idées philosophiques. Mon penchant à l'analyse, la nature de mes études et les rapports de toute ma vie avec l'industrie, pouvaient naturellement me conduire à cette conception. Quelle que soit la valeur de cet ouvrage, je crois devoir le soumettre au jugement des hommes, parce que toute intelligence doit son tribut à la Société.

Il a fallu si souvent combattre la difficulté, et le temps a toujours fui si vite, que ce résultat des veilles de plusieurs années ne m'a pas moins fait redouter le regard du public, lorsque prêt à le lui soumettre, j'ai considéré les imperfections et les lacunes, et que j'ai dû plus justement encore appréhender la remarque des fautes que je n'apercevais pas; mais peut-être voudra-t-on bien considérer que la vie tout entière d'un homme n'aurait pu suffire à tracer même d'une manière confuse le caractère convenable à chaque détail; une fois le point de départ indiqué, il faudrait pour marcher au but le concours de tous; c'est alors que les spécialités de chaque genre, en face de la postérité, sauraient conquérir leurs titres. Aussi, plus ce que je présente est étendu, plus il m'importe qu'on veuille bien n'y voir qu'une esquisse à grands traits, faite seulement pour donner un aperçu sommaire de l'ordre général des idées.

NOTA. — Les dessins qui accompagnent cet écrit sont des réductions d'un travail immense, où chaque partie du projet a été étudiée sur une grande échelle. Le plan général, en relief, de cinq mètres sur chaque face, avait même été entrepris pour la dernière exposition de l'industrie; il n'a pu être exposé.

PROJET D'UN PALAIS DES ARTS ET DE L'INDUSTRIE

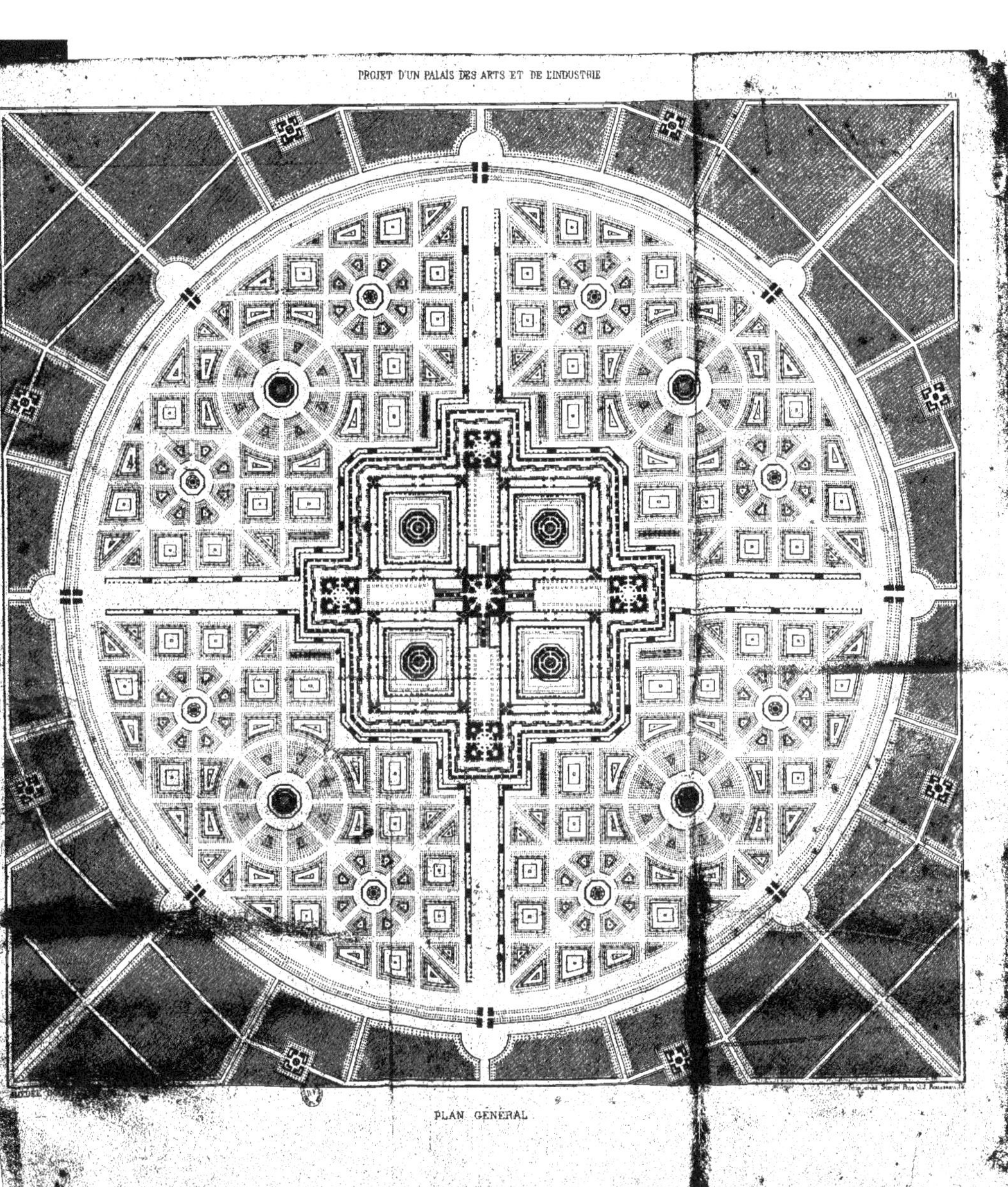

PLAN GÉNÉRAL

CAUSES MORALES.

Les beaux-arts rendent nos jours merveilleux, attendrissent nos âmes, nous font pleins de foi envers la Divinité, et conduisent, par la religion, à la pratique des vertus.

CHATEAUBRIAND, *Génie du Christianisme.*

On voudrait aujourd'hui que tous les monuments eussent une utilité physique, et l'on ne songe pas qu'il y a pour les peuples une utilité morale d'un ordre fort supérieur, vers laquelle tendaient les législations de l'antiquité............ ....

Les grands monuments font une partie essentielle de la gloire de toute société humaine........

CHATEAUBRIAND, *Itinéraire.*

Salut, principe et fin de toi-même et du monde,
Toi qui rends d'un regard l'immensité féconde;
Ame de l'univers, Dieu, père, créateur,
Sous tous ces noms divers, je crois en toi, Seigneur;
Et, sans avoir besoin d'entendre ta parole,
Je lis au front des cieux mon glorieux symbole.

LAMARTINE, *Méditations.*

Il faut plonger ses sens dans le grand sens du monde.

LAMARTINE, *Recueillements*

POINT DE VUE PHILOSOPHIQUE.

Diriger l'intelligence et l'activité des peuples vers la Religion, les Arts et l'Industrie, afin que le monde entier ne forme plus en quelque sorte qu'une même patrie. La plus grande somme de bonheur à laquelle les hommes puissent prétendre serait obtenue par les hautes facultés de la pensée ; elles produiraient l'unité de croyance, ainsi que l'égalité dans le savoir et dans les intérêts.

CAUSES MORALES.

La science doit conduire vers Dieu. De quel sentiment de grandeur et de piété l'âme ne se sent-elle pas remplie à l'étude de la nature! La prévoyance infinie s'y révèle à chaque pas. Dans cet ensemble immense l'ordre seul conduit à l'harmonie. Tout se dirige vers le but qu'a marqué la sagesse suprême. Sera-t-il donné à notre intelligence d'approfondir tant de merveilles?... L'humanité doit le reconnaître : car il semble qu'après avoir créé le monde, Dieu ait lancé sur la terre les caractères d'un mot sacramentel, l'énigme de l'univers, et que la mission de l'homme soit de les réunir et d'en comprendre le sens.

Dans ce moment solennel, où va s'ouvrir l'ère la plus parfaite de la création, une influence secrète et dominante prépare les esprits ; de toutes parts surgissent les idées qui doivent marquer le point milieu, l'âge viril du monde, qu'il faut reconnaître comme proche, à la maturité presque complète de la pensée. Si la science ne projette pas encore des rayons aussi vifs sur tous les points du globe, qu'on suppose quelques siècles de plus, et l'Orient, le Nord, le Sud, auront acquis notre degré actuel de civilisation ; l'Occident sera devenu digne des plus hautes révélations de la nature.

L'homme renferme tout le symbole de l'univers ; l'organisme humain révèle à la fois la grandeur de Dieu, l'immortalité de l'esprit et le mystère de l'enchaînement universel. Le corps, qui se renouvelle sans cesse jusque dans ses moindres parties, d'abord en multipliant ses forces, puis en les perdant par degré, après avoir dépassé le terme moyen de la durée, est l'image de la terre, dont la période est encore ascendante, puisque les générations se succèdent en soulevant toujours davantage le voile dont au premier jour le Créateur couvrit son œuvre.

Ceux qui se voueront aux arts, ceux qui embrasseront la science, et tous ceux qui viendront semer dans le champ de l'industrie, sauront désormais que toutes les directions se réunissent à un seul point, la perfection sociale.

L'industrie recueille celui que le savoir n'a pas complètement initié à ses plus saints mystères ; elle le conduit au milieu des hommes, pour que son contact leur imprime par degré l'amour du bien, la noblesse de l'esprit et la foi dans l'Éternel. Quiconque s'est approché du sanctuaire de l'intelligence, a reçu une sorte de consécration, qui lui fait, même involontairement, accomplir une mission sacrée : celle de propager la science, jusqu'à ce que, soleil de l'âme, elle ait éclairé toute la terre ; Dieu a voulu pour l'humanité ce qu'il a voulu pour toute la nature, le développement successif jusqu'à la maturité. Le Créateur n'a fait qu'un signe, et tout l'univers a suivi la même impulsion ; corps et esprit, tout a commencé à subir le développement de sa nature ; l'intelligence, de progrès en progrès, s'est avancée vers cette époque où l'empire du positif, noblement entendu, n'est autre que le besoin de satisfaire complètement la raison par la conscience, ce tribunal infaillible.

L'Éternel fit l'homme pour vivre en société, et la société, ainsi que l'univers, est semblable à un nombre prodigieux d'engrenages mis en action l'un par l'autre, et dont le rapport des forces produit l'équilibre, l'harmonie, le plus fidèle symbole de la divinité.

L'homme a reçu la faculté de pénétrer les secrets de la nature, et de traduire ses impressions en des langues sacrées ; ces langues, ce sont les sciences, les arts, l'industrie ; c'est, sous toutes ses faces, l'expression de l'intelligence ; quel qu'en soit l'idiome, la raison sait l'entendre, et l'esprit y trouver ses voluptés.

L'Inde et l'Égypte avaient montré les primitives ébauches de l'art ; la Grèce sut y joindre son goût délicat, ardent et voluptueux : le génie se montra bientôt radieux et fécond. Les Romains voulurent s'élever sur le merveilleux type de la Grèce ; ils en imitèrent tout, la religion, les mœurs, le savoir ; mais les imitations entre peuples ne seraient que des accouplements, souvent repoussés par la nature, si la prévoyance du Créateur n'avait voulu qu'elles servissent à conserver les traditions, ces fruits du passé qui donnent la semence de l'avenir. Croire que les âges puissent remonter leur cours, serait une grave erreur : l'humanité marche sans cesse ; elle peut regarder quelquefois en arrière, mais elle ne revient jamais sur ses pas. Au déclin de la splendeur romaine, le paganisme tombait en ruine, mais l'esprit humain progressait toujours : l'Évangile allait s'ouvrir devant lui, les hommes allaient commencer à lire dans ce code sublime, que la persuasion doit rendre universel.

Lorsque la chrétienté voulut élever les images de son culte, elle eût considéré comme un sacrilége d'aller prendre exemple sur les faux dieux qu'elle venait de renverser : aussi le chrétien trouva-t-il dans la seule ferveur de sa foi les inspirations profondes et la naïve originalité dont témoignent ses monuments.

Depuis, la science a toujours grandi, mais ses progrès ont trop souvent laissé passage au scepticisme ; dès lors, plus de hautes créations. Ce temps d'erreur fuit loin de nous ; chaque jour, le besoin de croire fortement se fait de nouveau sentir ; qu'il s'étende, qu'il devienne profond, et des œuvres puissantes et largement comprises surgiront bientôt, plus parfaites qu'à nulle autre époque.

L'Occident commence à réfléchir sur l'Orient la lumière qu'il en a reçue ; le cercle est parcouru ; le regard de Dieu s'arrête sur nous, et semble nous désigner pour accomplir tout ce que pouvait sa créature.

Dans les temps primitifs, la nature sauvage se reflétait sans doute sur l'imagination de l'homme et dans ses œuvres. Les précieuses merveilles de la pensée ne devaient point encore se révéler ; les bras suffisaient en quelque sorte à de vastes défrichements ; et ce furent encore des bras de géants, ceux qui élevèrent Memphis et Babylone.

Aujourd'hui, nous régnons partout sur le passé ; la science est ou notre héritage ou notre conquête ; brisons le cercle que les générations avaient tracé, il ne peut plus nous contenir; et notre siècle doit se montrer le plus bel exemple des progrès du temps.

La statuaire grecque, ce merveilleux chef-d'œuvre du goût et de l'observation, n'était point pénétrée de ce saint recueillement qui remplit l'âme en contemplant les cieux, et que le moyen-âge seul a connu. L'art grec, c'étaient les sens; l'art chrétien, c'était l'âme; la forme le prouve : chez les Grecs, elle est la plus élégante expression de la nature; au treizième siècle, elle s'oublie devant la pensée dominante : glorifier le Seigneur.

L'antiquité, le moyen-âge, ces deux grandes époques, se présentent à nous; la première tient la science, la seconde en indique la source.

De longs siècles portent dans leurs flancs les événements qui signalent ces phases de l'esprit humain dont les arts sont l'expression la plus manifeste : aussi en même temps que le progrès travaille à l'édifice social, il réunit de toutes parts les matériaux dont sera formée l'architecture, où se lira, profondément gravée, la plus belle conséquence des siècles.

L'homme ne connaîtra sans doute jamais en quelle contrée se firent véritablement les premiers pas de l'art; mais on peut se convaincre, d'après les traces profondes qu'il a laissées, que toujours il s'est avancé plus grand vers nous à mesure que le champ des idées est devenu plus vaste. Ces édifices géants où, dans l'Inde et dans l'Égypte, l'intelligence avait inscrit sa parole mystérieuse, enseignèrent à la Grèce la noble simplicité des monuments, et la conduisirent à en tracer les lois par les chefs-d'œuvre de son architecture et de sa statuaire. L'antiquité, le moyen-âge et les derniers siècles, ont laissé d'admirables modèles;

mais la mission de l'art est loin d'être accomplie; devant lui s'ouvre encore une immense carrière; c'est là qu'il va donner les fruits de sa maturité, car, dès ce moment, on peut le considérer comme proche de l'âge viril. On l'a vu, dans l'Inde et dans l'Égypte, former d'une main puissante ses premiers traits; plus tard, étudier chez les Grecs les belles proportions de l'homme, élever des temples, et donner au marbre l'image des dieux; en Italie, comme chez les Flamands et chez les Espagnols, connaître la puissance de la couleur; en France, au centre de la civilisation, s'entourer de toute la science amassée par les âges. L'art doit donc maintenant avoir assez fait pour l'étude, il en a parcouru toutes les phases, et tant de siècles n'auront pas déposé tant de savoir sans produire un immense résultat.

Comprendre et imiter, imaginer et perfectionner, sont les perpétuels travaux de l'intelligence; mais le repos est une indispensable condition de l'existence, et l'univers entier est soumis à cette impérieuse nécessité. La lumière s'éloigne et revient tour à tour : c est le signal ou du repos ou du travail; et sans le repos qu'elle exige, la terre n'a point de riches moissons : il en est de même pour le génie; il a aussi ses nuits; souvent elles sont de plusieurs siècles, comme la durée de sa marche, lorsque, suivant l'impulsion de sa nature, il plante sur le globe de nouveaux jalons de progrès; et l'on peut compter ces heures de soleil par les époques des Sémiramis, des Périclès, des Auguste, des François Ier, des Louis XIV.

Il faut d'innombrables siècles pour composer l'existence d'un monde, puisque le nôtre est jeune encore, et que les mers, ainsi que l'atteste la géologie, ont déjà dû, plus d'une fois, échanger avec les hommes la place qu'elles occupent ; mais les civilisations se superposent dans une seule direction : même au sein des ténèbres, le progrès les guide par des sentiers occultes. Dans les épouvantables convulsions de la nature, la chaîne des temps peut se rompre ; mais, ainsi que les fluides organiques, par un ordre secret, travaillent à cicatriser la chair aussitôt qu'elle est déchirée, l'homme, sans le savoir, rattache les anneaux de cette mystérieuse chaîne.

Le mouvement diurne s'opère et recommence, l'année s'achève, le siècle s'accomplit, sans que nous ayons pu ressentir le mouvement rapide du sol qui nous porte : ainsi marche le monde invisible, la pensée ! ainsi les époques séculaires se succèdent, et l'humanité, insensiblement, pénètre dans les régions où la dirige le doigt de Dieu.

L'esprit des peuples ne peut rester sans aliment. Le temps s'avance toujours dominé par une grande pensée : d'abord, c'est le sentiment de la divinité, son culte ; ensuite la passion de la gloire, le désir de la conquête, l'amour des arts, la philosophie ; puis enfin, l'enthousiasme de la liberté, époque d'émancipation, où l'homme revêt la robe virile, où sa raison pleinement développée comprend sa dignité, s'entretient avec la nature et peut offrir au Créateur un digne encens.

Cette époque sublime est celle où nous entrons. De profonds penseurs ont prédit qu'un temps viendrait où toutes passions haineuses s'éteindraient dans le cœur de l'homme ; croyons que nous marchons vers cet accomplissement de la volonté divine ; pour y parvenir, l'industrie, les sciences, les arts, doivent hériter de la bouillante ardeur des combats ; un jour viendra, sans doute, où l'épée demeurera fière, suspendue au flanc du soldat, veillant à la garde de la patrie comme au maintien des lois ; jusque là, toujours plus rarement, une mortelle offense réclamera son sanglant appui : la civilisation repousse la violence ; les peuples éclairés pourraient-ils ne pas sentir qu'il est plus glorieux de triompher par la raison que par la force?

Dans les temps nouveaux, l'intelligence sera la seule aristocratie, et l'association, pour le bien-être et la gloire de tous, l'unique pacte social. Nos pas s'embarrassent encore à travers les ruines d'une civilisation dont l'existence de six mille ans nous a, par degré, conduits à la liberté de conscience et à l'égalité des droits; le pessimisme nie toujours le progrès, mais le pessimisme est aveugle. Qu'un œil clairvoyant nous envisage aujourd'hui; malgré nos erreurs, nos tourmentes, notre égoïsme, pourra-t-il ne pas se convaincre que la guerre s'éteint, que les lumières se répandent, que la foi s'épure, que le genre humain s'améliore?

Depuis ces derniers temps on n'a cessé de le sentir et de le publier: le progrès est dans l'atmosphère, la société en est pénétrée par tous ses pores; c'est la nécessité, le caractère dominant, l'idée fixe de cette époque, encore plus nourrie de sentiments que de traditions.

Je l'ai fait voir : enfant, l'esprit humain se plut au merveilleux; parvenu à l'adolescence, il s'abreuva de volupté et de gloire; viril, le grave doit devenir sa loi : car alors, la civilisation aura pénétré dans son plus haut solstice.

Le moment est venu où les arts doivent concourir à ce que la France, leur patrie adoptive, crée enfin une architecture type de l'état présent. Certes, tant qu'un regard d'artiste pourra s'arrêter sur un vestige grec, l'admiration se reportera vers un temps de prodige; mais parce que l'antiquité enfanta des chefs-d'œuvre, dus à son idolâtrie pour la beauté, l'art, contemplatif depuis tant de siècles, pourra-t-il ne point ressentir qu'une autre époque l'entraine, qu'un autre Dieu l'inspire? Non, ce serait nier le progrès. Chez nous, loin des autels où Périclès sacrifiait, l'art se prit à douter, il rechercha un autre culte; Herculanum le ravit un moment; puis tour à tour l'égyptien, le gothique, l'arabe, la Renaissance, formèrent un cercle qu'il eut bientôt parcouru, et qui le ramène aujourd'hui à la nécessité de créer.

Dans l'univers, chaque instant fait succéder la vie à la mort et la mort à la vie, par des transformations perpétuelles, soit dans les êtres, soit dans les choses; tout s'éteint pour se ranimer : ainsi l'homme, d'abord masse inerte ou débile, devient vif et spirituel, puis son front s'élève, sa tête pense, son cœur se remplit d'amour, les métamorphoses se poursuivent; la virilité se montre avec son visage grave et ses formes robustes; puis l'âge moyen arrive, puis la vieillesse, puis la caducité, qui retourne à la débilité de l'enfance : de même les nations et les mondes marquent leurs âges par des époques qui ont chacune un caractère.

Les lois qui réglèrent la nature voulurent que les générations, en passant sur la terre, y déposassent des monuments pour servir de degrés au progrès. Les monuments d'un peuple forment ensemble son tombeau, qu'il élève de ses mains, et sur lequel il inscrit sa physionomie, son caractère, son histoire, pour instruire les races à venir.

Nous n'échapperons point à ces lois immuables; nous sentirons comme nos pères, comme tous les peuples, un impérieux besoin de laisser de nous une image fidèle et glorieuse. La civilisation a planté son étendard sur notre sol, il est impossible que l'avenir ne puisse pas nous devoir une architecture à la fois élégante et sévère, et que l'âme puisse comprendre ; nous vouerons, n'en doutons pas, à la gloire de l'époque, à l'admiration des siècles, des édifices gigantesques plus grands encore par la pensée que par la forme ; de pieuses et sublimes épopées où la puissance des hommes reflétera la grandeur de Dieu.

CARACTÈRE DE L'ART MONUMENTAL.

Quiconque rejette les notions sublimes que la religion nous donne de la nature et de son auteur, se prive volontairement d'un moyen fécond d'images et de pensées.

CHATEAUBRIAND, *Génie du Christianisme*

CARACTÈRE DE L'ART MONUMENTAL.

La haute architecture doit se pénétrer de la grandeur de son sujet, considérer l'espace d'un œil prudent et sûr, asseoir la durée, puis commander à l'ensemble de s'élever avec majesté, en faisant partout place au jour et à l'air. Ses élégantes broderies, ses magnifiques parures, c'est à la nature que l'art monumental doit les demander; c'est dans les trésors si variés de la végétation qu'il trouvera toujours, comme l'ont fait les siècles écoulés, le principe et le modèle de ses ornements.

Entre les masses symboliques de l'égyptien, la pureté souvent trop exclusive du grec, et la profusion tout à la fois riche, naïve et inspirée du gothique, nous devons poser les bases d'une architecture française. La géométrie offre peu de figures qui ne soient entrées déjà dans les conceptions monumentales; cependant il n'est peut-être pas impossible d'y trouver encore de fécondes ressources, et, ne fût-ce que par des modifications, ou même par le choix, d'arriver à ce caractère distinctif que réclament si impérieusement nos mœurs et notre climat.

On ne saurait complétement se soustraire à l'empire du passé; dans une pareille œuvre, ce serait une grave erreur de croire qu'il fût possible de trouver des lignes tout-à-fait en dehors des traditions; il n'est pas plus au pouvoir des hommes d'inventer un ensemble complétement neuf, qu'il n'est possible de citer une langue entièrement exempte du contact des peuples. Tout n'est que fusion, et les architectures nationales n'ont jamais été composées que par des emprunts plus ou moins nombreux faits à l'étranger, et appliqués avec plus ou moins de bonheur aux mœurs et aux besoins du pays. Il ne faudrait donc pas s'étonner, si, dans l'architecture que nous pourrions produire, il nous fallait encore, sur bien des points, nous rapprocher du passé; le présent écrit toujours sous la dictée des âges; l'analyse peut même décomposer une architecture, et coter par tant de degrés la part pour laquelle y est entrée chaque époque, en quelque sorte mère. Une architecture est toujours l'empreinte d'une civilisation; notre état social se montre, de toute part, l'héritier de l'antiquité et du moyen-âge : comment les monuments qui devront le reproduire pourraient-ils répudier entièrement les précédentes architectures?

Dans les arts, l'harmonie ne peut s'obtenir que par l'opposition et la fusion; la ligne droite et la surface plane adoptées comme dominantes, sont contraires à la grâce et à la richesse, mais elles sont graves et imposantes, et si l'élégance et la coquetterie les évitent, la haute architecture les appelle comme nécessaires à sa dignité.

L'architecture de notre époque doit reposer sur une symbolique à la fois religieuse et sociale, elle doit glorifier Dieu des trésors de la pensée. Les premiers hommes ne pouvaient lui rendre grâce que de la vie qu'il leur avait donnée, si richement entourée de tout ce qui pouvait physiquement l'embellir et la conserver, aussi était-ce dans les moissons et parmi les troupeaux que leur piété choisissait leur offrande; mais à présent, c'est dans les vastes plaines de l'intelligence qu'on doit chercher l'encens du culte.

L'Égypte, d'après l'Inde, adopta la langue du symbole, et lui fut toujours fidèle; les cryptes où se célébrait le culte, et l'obscurité qui régnait dans les temples, faisaient allusion aux ténèbres dont l'univers était sorti, et à tous ceux dont l'esprit humain était encore environné. L'éternité et les deux principes dominants de ces temps éloignés, le principe mâle et le principe femelle, étaient souvent représentés par de simples formes géométriques, un cercle, un carré, une ellipse.

De telles idées, revêtues d'une sévérité si imposante, ne peuvent jamais se perdre; si elles sommeillent parfois dans la mémoire des hommes, un besoin secret vient toujours à distance provoquer leur réveil.

Pour s'occuper d'une architecture symbolique, il est indispensable de préciser l'expression de chaque ligne et de chaque figure; car il y a toujours existé un langage secret; et soit qu'il ait été découvert, ou qu'on lui ait obéi par instinct, il a toujours imposé aux siècles son influence. Dans l'antiquité, l'Inde, l'Égypte et la Grèce adoptent la verticale, l'horizontale et l'oblique; le goût éclairé des Étrusques enfante les arcs; et Rome, orgueilleuse et puissante, en décore ses triomphes. Le moyen-âge, dans ses inspirations, sait trouver d'autres courbes, elles s'élèvent en même temps que la foi s'épure, mais elles retombent et s'accomplissent en plein cintre, lorsque la forme l'emporte sur l'âme au quinzième siècle, où, dans une alliance brillante mais monstrueuse, l'art grec fait expirer l'art chrétien.

La symétrie est une des lois de l'harmonie; le Créateur en a donné le plus bel exemple par la similitude des deux côtés de la figure humaine; et dans leurs monuments, les peuples ont toujours observé cette parité de formes.

Les Grecs, plus passionnés pour l'élégance que pour l'austérité, ne firent pas du symbole un usage aussi absolu qu'en avaient fait les Egyptiens, et Callimaque semble en résumer la preuve par le chapiteau corinthien; les chrétiens, au contraire, plus austères que voluptueux, adoptèrent les images partout, dans la parole, dans les livres et dans les monuments.

La philosophie a grandi au milieu de toutes les sciences; c'est elle qui achèvera de nous guider jusqu'aux dernières limites de la pensée.

A chaque fois que l'esprit humain se régénère, il faut, en quelque sorte, un alphabet nouveau, des signes conventionnels, qui deviennent populaires; le cercle où pénètrent nos idées exige de nouvelles figures : nous les tracerons, et le temps en rendra le sens facile à nos descendants.

Le symbole en architecture, c'est l'âme des générations, passée dans leurs monuments, et qui s'entretient dans les siècles avec chaque âme qui la comprend; cette langue grave et mystérieuse est toujours cette même poésie innée avec la race humaine, et sans laquelle les peuples ignoreraient les charmes de l'esprit et s'enseveliraient muets sous la couche végétale.

Le symbole doit donc essentiellement pénétrer dans l'art monumental; pour devenir l'expression de notre époque, il sera puissant, il sera pur, et surtout appuyé sur les vérités immuables que présentent l'histoire du monde et le spectacle de l'univers. Il se dessinera noblement et presque sans voile; il exprimera dès l'abord la destination de l'édifice, et déposera dans la pensée le sentiment qui doit la remplir à sa vue.

Les différentes parties d'un important ouvrage doivent sans doute rivaliser de perfection; mais la pensée doit dominer par-dessus tout ce qui ne s'adresse qu'au regard, et se modeler dans la forme, comme le visage sur les impressions de l'âme. Dans les ornements même, jamais le hasard ne doit obtenir que ce qu'il peut nous dérober; car si un heureux choix vient ajouter une image à des contours sévères, ou à de capricieuses fantaisies, l'œil et l'esprit en seront toujours doublement satisfaits.

Sans relâche, dès la création, l'intelligence guide l'homme vers un but ignoré; d'un pas grave ils traversent tous deux les champs de l'industrie, les régions de la science et l'empire des arts; ils rencontrent d'un côté les besoins et le luxe de la vie; de l'autre, le sacerdoce de la pensée; toujours et partout, sous mille formes, le corps et l'âme; car l'univers, c'est la matière et l'esprit.

L'art, par-dessus tout, existe sous le double principe du positif et du fictif: lorsqu'il regarde en arrière, il n'entrevoit que des décombres; mais devant lui, c'est le trône éternel, vers lequel l'entraîne une attraction divine. L'imitation ne saurait donc l'arrêter longtemps; ne faut-il pas d'ailleurs qu'il obéisse à l'ordre secret qu'il entend sans cesse, d'aller, d'aller toujours jusqu'à ce qu'il ait épuisé tout ce qu'il a reçu de puissance?

Privé du vêtement que lui donne l'image, l'art retourne trop vite à la froide réalité; tous les peuples l'ont senti, et les fleurs dont ils entourèrent leurs autels avaient été semées par la Fable autour de leur berceau. La croix avait détrôné tout l'Olympe; mais la foi vint à s'affaiblir, et à mesure la réaction s'accrut; elle déborda lorsqu'il y eut anarchie de croyances. Les derniers siècles ont étrangement abusé de la fiction: ils ont greffé, pour ainsi dire, les allusions mythologiques sur celles du christianisme; l'allégorie en a souffert, mais elle ne pouvait périr; c'est la vive peinture du cœur et de l'esprit : elle durera autant que l'homme; assise sur les principes invariables de la nature, elle peut encore pénétrer les âges de l'enthousiasme saint d'une poésie, où l'art n'aura revêtu toutes ses gloires que pour les faire remonter vers l'Éternel.

A cette époque, où la raison doit asseoir son empire, il faut des monuments qui parlent haut à la pensée, qui résument la civilisation, qui impriment au cœur une religion éternelle; qui, même lorsqu'ils auront disparu, laissent encore un profond enseignement; il faut que les dernières traces que la terre conservera de nous apprennent aux âges que nos monuments ont été comme une chaire immense, d'où la parole de vérité, sublime, persuasive, incessante, a conduit l'humanité au point culminant que Dieu avait marqué.

Ce grand résultat ne s'obtiendra pas sans une symbolique qui soit bien l'expression des temps nouveaux ; je pense l'indiquer par l'ensemble du projet contenu dans cet écrit, projet qu'il ne faut pas considérer au seul point de vue de l'art, mais bien, et avant tout, sous son aspect philosophique et religieux, l'art et l'industrie ne s'y montrant au premier rang que parce qu'ils sont aujourd'hui les deux plus puissants leviers de la civilisation.

J'élèverais dans la ville des temples en petit nombre, mais augustes, immenses, avec des galeries au-dedans et au-dehors, et capables de contenir, les jours de fête, le tiers de la population de Paris

BERNARDIN DE SAINT-PIERRE, *Études de la Nature*.

Notre temps laissera-t-il des témoins aussi multipliés de son passage que le temps de nos pères?

CHATEAUBRIAND, *Études historiques*.

C'est un apanage de la France, que ses grandes créations civilisatrices ne laissent jamais les autres nations indifférentes.

C. DUPIN, *Rapport sur l'Exposition de 1834*.

NÉCESSITÉ

DE FAIRE

DU PALAIS DES ARTS ET DE L'INDUSTRIE,

L'UNE DES PLUS GRANDES ŒUVRES DE NOTRE AGE.

Loin de moi l'orgueil de penser que les idées que je soumets aux lumières de notre époque puissent remplir toutes les conditions que réclame un pareil sujet; mais, toujours dominé par ma conscience, je crois soulever une importante question sociale, à laquelle s'intéresseront vivement tous les hommes de progrès, et j'affirme que, pour appeler fortement l'attention générale sur les deux plus puissants mobiles des temps nouveaux, l'industrie et les arts, une œuvre immense est indispensable. On arriverait à peu et on avancerait lentement, en risquant une à une quelques faibles tentatives. C'est un grand coup qu'il appartient à la France de frapper, pour briser les entraves qui retiennent encore le génie aux portes de son plus vaste empire.

Si la science peut se comparer à un fleuve, nous reconnaîtrons qu'après s'être frayé, d'abord timidement, un passage à travers le Caucase et l'Atlas, elle s'est avancée vers nous toujours plus forte et plus rapide, et qu'elle doit creuser sur notre sol le port gigantesque où, pour tous les points du globe, l'intelligence importera ou exportera ses trésors.

Dans les sublimes efforts d'un grand peuple voué tout entier à la gloire de l'industrie et des arts, la religion et les lois trouveront leurs plus sûrs garants, et l'humanité son plus juste orgueil. Quel plus noble, quel plus merveilleux sujet pourrait être donné aux fécondes intelligences de notre époque, qu'un palais immense, et peut-être même toute une cité consacrée à devenir le centre de la civilisation du monde! Quel vaste champ pour l'orgueil national, en donnant à la civilisation présente l'exemple d'une architecture en harmonie avec ses goûts, ses mœurs, son savoir et sa haute philosophie!

Que la France élève dans Paris un immense trophée au progrès, et tous les peuples de la terre viendront aussitôt y déposer le tribut de leur admiration, et y puiser le principe et l'exemple de leurs chefs-d'œuvre. Je ne chercherai point à nombrer les richesses que le pays recueillerait de ce prodigieux et perpétuel concours, ni ce que Paris seul en recevrait d'avantages et d'éclat. Déployer les plus précieuses merveilles de l'industrie, les plus rares prodiges des arts, et donner au monde une architecture qui redirait dans les siècles le nom de la France et la puissance de son génie, ce seraient les plus glorieux titres de notre patrie, comme aussi la plus grande gloire de notre temps.

Dans l'intérieur de l'habitation, le luxe inspire la considération de soi-même et dispose à la générosité : de même, chez les peuples, la magnificence des monuments fait pénétrer dans les masses les sentiments qui marquent les grandes époques et les grandes nations : l'homme se sent meilleur lorsqu'il est bien entouré, et sa raison se modèle avec joie sur toute œuvre puissante.

Ainsi, aujourd'hui, un immense édifice où se rencontreraient tous les précieux fruits de l'antiquité et tous ceux du moyen-âge, serait comme un arc de triomphe élevé à la fois au passé et à l'ère nouvelle, et sous lequel viendraient désormais s'écouler, glorieuses et admiratrices, d'innombrables générations, toutes pénétrées que l'éternel travail des siècles a eu pour but unique le complet développement de la pensée et le sage emploi qu'en doivent faire les hommes.

Nous n'en sommes sans doute encore qu'à l'une de ces périodes où les voies se disposent, et c'est pourquoi toute préoccupée de soins indispensables, l'activité recherche aujourd'hui plutôt l'or que la gloire ; mais il faut y applaudir : car pour voir briller l'ère sublime où nous marchons, il faut que de tous côtés le sol se montre fertile, que l'instruction fasse pénétrer et maintienne dans les masses l'amour du bien ; que les distances soient effacées sous la puissance des canaux, de la vapeur et du fer, qui, loin de se dresser sous des formes homicides, s'étendra de toutes parts pour souder les nations et confondre leurs intérêts.

D'aussi immenses travaux, que réclame avant tout l'intérêt général, rechassent sans doute bien loin ce jour solennel où les peuples, après avoir satisfait à leurs plus grands besoins, n'auront plus qu'à former, pour ainsi dire, un faisceau de toute la puissance de leur génie pour léguer aux siècles à venir une œuvre capable de marquer le milieu des temps. Si la pensée se transporte un moment jusqu'à cette époque glorieuse, et qu'un noble orgueil nous réponde que notre sol peut voir s'accomplir ce prodigieux résultat, déjà nous voudrons nous croire à ce temps illustre, nous prolongerons l'illusion. Pour mieux nous pénétrer que lorsque des paroles solennelles doivent non-seulement être comprises de toute la génération pensante, mais encore trouver dans l'avenir un long retentissement; que le double but est d'accomplir l'émancipation humaine et d'inscrire en caractères larges et profonds la date de ce grand jour, toutes les puissances que Dieu nous a données doivent se rassembler pour produire un monument qui rappelle, et surpasse à la fois, les plus gigantesques chefs-d'œuvre de l'antiquité.

Chaque jour, précieux organes du progrès, la presse et la chaire de la science multiplient leurs nobles efforts; leurs accents meurent souvent à peu de distance : mais que la voix du peuple placé à la tête de la civilisation se fasse entendre tout entière, et chacun de ces mots, coulé en bronze ou taillé dans le granit, se dressera devant les siècles, comme une éternelle proclamation.

Dans les temps reculés, le savoir avait été contenu tout entier dans le sacerdoce; mais il n'est plus d'initiations étroites et ténébreuses; les murs de mystères se sont écroulés sous le nombre toujours croissant des adeptes; la science a besoin d'air, de soleil et d'espace; l'univers est son temple.

Une pensée dominante entraîne toujours les générations vers un but qui répond à leurs besoins. L'antiquité aspirait à régner par la puissance des armes; le moyen-âge s'est attaché aux questions religieuses; notre époque recherche la perfection sociale : tout promet que l'ère qui va s'ouvrir sera occupée à recueillir ses bienfaits. Après la grande idée pieuse qui sera leur guide, c'est donc aux sciences, aux arts et à l'industrie qu'il appartient de remplir tous les esprits. En face d'aussi prodigieux véhicules, si une main puissante vient un jour creuser un lit profond à l'océan des idées, n'en doutons pas, alors une sorte de niveau aura bientôt égalisé sur toute la terre la somme des connaissances humaines. La vague furieuse ne viendra plus battre les institutions : chez l'homme fortement engagé dans de nobles travaux, les passions tumultueuses sont vaincues. Mais pour appeler toute l'attention vers un si grand résultat, pour imprimer un mouvement qui, durant de longs siècles, ne puisse s'arrêter, il faut une œuvre essentiellement utile et glorieuse à tous, à laquelle des millions d'hommes s'associent librement.

Quelle nation mieux que la nôtre serait capable d'enthousiasme et de force pour une telle entreprise? L'or, le savoir, les matériaux et une immense population toujours altérée de gloire, couvrent notre sol : eh! qui peut répondre qu'une merveille si bien faite pour exciter au plus haut degré la curiosité et l'émulation des peuples, ne fonderait pas aussi chez nous, d'une façon tout en harmonie avec notre temps, des sortes d'olympiades? Un palais consacré aux arts et à l'industrie ne pourrait-il pas devenir, à époques fixes, le cirque où toutes les nations accourraient non-seulement se disputer les plus nobles palmes que puissent se donner les hommes, mais encore resserrer, au milieu d'incalculables transactions et de fêtes somptueuses, tous les liens qui doivent unir la grande famille humaine?

Dans ma pensée, une exposition nationale aurait lieu chaque année, et tous les cinq ans une exposition universelle; là, ce que le monde entier présenterait de vastes intelligences serait le suprême jury. Qu'on se reporte alors aux plus éclatantes solennités dont l'univers ait pu être le théâtre, et que l'on considère si, à aucune époque, sujet plus utile, plus généreux, plus imposant, put s'allier jamais à tant d'attraits, que cette exhibition où l'intelligence réunirait de tous les points du globe ses plus merveilleux produits, et où tant de nations, de costumes, de mœurs et d'habitudes diverses, viendraient fraterniser, en quelque sorte, sur l'autel de la pensée !

PROJET

D'UN

PALAIS DES ARTS ET DE L'INDUSTRIE.

DESCRIPTION.

L'ÉMULATION est un puissant moteur : c'est l'élément des sociétés, chaque jour le démontre avec plus d'énergie, et ce fut une pensée généreuse et féconde, celle qui ouvrit à l'intelligente activité les Expositions nationales. Leur développement successif est un gage de la richesse de leur avenir, surtout s'il est permis de croire qu'elles réuniront un jour chez nous toutes les nations. Leur grand résultat est trop profondément apprécié pour qu'on n'ait pas déjà senti la nécessité de leur consacrer un palais

6

vaste et spécial ; mais on éprouve en même temps un autre besoin : il faut une architecture qui ne soit pas exclusivement empruntée aux Grecs, aux Romains, ni à aucun autre peuple, une architecture française conçue pour notre climat, et qui soit bien l'empreinte de notre état social. Ces deux œuvres si désirables ont des rapports trop intimes pour que les efforts ne doivent pas se diriger en même temps vers ce double but. Cette persuasion m'a dominé, elle m'a conduit à une élaboration étendue, où l'investigation, voyant grandir les conséquences, m'a fait croire qu'il fallait de toutes parts chercher à atteindre les dernières limites du possible. J'apporte mon travail devant les hommes pour qu'ils voient s'ils peuvent y trouver quelques parcelles utiles; peut-être ai-je cherché à gravir d'âpres sommets que le temps seul doit rendre accessibles, et de tant de labeur ne restera-t-il que ce qui reste d'un songe !

Décrire une œuvre d'une telle étendue et d'une complication si grande, est une tâche difficile, surtout lorsqu'il est à redouter que l'attention n'éprouve bientôt le besoin de se reposer. Autant que possible, les détails seront négligés.

Dans ce projet, tous les trésors que renferment les bibliothèques et les musées sont venus se réunir dans une même enceinte; ici, Palais des Arts et de l'Industrie veut dire Palais de l'Intelligence.

Le symbole fait la base de cette architecture ; le cercle exprime tout ce qui est esprit ; le carré, tout ce qui est matière ; et chaque ligne, le langage que l'observation lui a donné dans le cours de l'ouvrage, à la partie ayant pour titre : *Caractère de l'art monumental.*

Le plan général est un polygone régulier composé de quarante-huit côtés, tracés par une rue de plus de trente mètres de large, dont les somptueuses constructions, toutes élevées sur un même modèle, répondent à des galeries à jour qui servent de ceinture au palais, et reproduisent le portique des habitations, en même temps qu'elles offrent d'élégantes terrasses avec des lignes d'arbres, et l'éclat d'une riche végétation rafraîchie par des eaux jaillissantes. Le premier cercle donné par les habitations de la rue représente les générations opulentes et éclairées qui doivent, durant de longs siècles, contempler et méditer en face de cet édifice ; le second cercle, celui des galeries à jour, indique la limite tracée par le Créateur, pour servir en quelque sorte de champ clos à l'émulation des hommes ; cette barrière, formée d'un triple rang, a ses portes d'honneur, qu'on aurait nommées des arcs de triomphe si les cérémonies triomphales eussent été dans nos mœurs.

C'est en partant de la face orientale et passant par le nord qu'il faut considérer l'ensemble des édifices. Les quatre portes principales placées aux points cardinaux présentent aux entrées douze figures : l'Agriculture, le Commerce, l'Industrie, l'Astronomie, la Physique, la Chimie, l'Architecture, la Sculpture, la Peinture, la Philosophie, la Poésie, la Musique. Chacune de ces figures tient deux tables de bronze ; sur la première, elle montre les noms qu'elle a rendus célèbres ; sur l'autre, elle présente une surface unie qui attend, pour recevoir des illustrations, que la tombe se soit refermée depuis un demi-siècle au moins. Le front de ces portes représente dans la frise les occupations des hommes sur les points du globe qui leur correspondent ; le couronnement est un sujet symbolique exprimé par trois figures. Sur la porte orientale, la Foi est représentée les mains sur la poitrine et le regard vers le ciel ; elle exprime la pénétration complète du cœur et de l'esprit ; à l'un de ses côtés est la Résignation ; c'est une femme qui succombe sous l'attaque d'un serpent ; elle ne fait point d'efforts pour se dégager : à travers les angoisses de la douleur, ses mains se joignent et son regard ne voit que

Dieu; de l'autre côté est l'Immortalité; elle s'appuie sur une tombe et laisse échapper un flambeau éteint, mais elle en fait voir un autre qui doit briller dans l'éternité. Sur la porte du Nord, le couronnement représente la Paix; la Sécurité couvre de palmes les sages résolutions du Commerce et les nobles inspirations du génie. Au Sud, le couronnement exprime le Progrès; les ruines de l'antiquité servent de degrés au Savoir; il est entraîné par le Génie, et repousse l'Ignorance qui cherche à le retenir. Ce groupe est placé au milieu de deux sujets de moindre proportion; d'un côté, c'est le Passé; de l'autre, c'est l'Avenir. Dans le Passé, l'homme adolescent, en face de la Nature, qui se présente à lui, éprouve le besoin de la connaître; il soulève avec timidité le voile dont il est couvert, et les merveilles qu'il entrevoit le pénètrent d'admiration. Dans l'Avenir, l'homme a l'âge viril. Il s'est entièrement dégagé en quelque sorte des langes originels dont il était enveloppé; il contemple avec respect cette Nature si magnifique, car il croit à ses révélations: elle lui indique un être au-dessus d'elle. A la porte occidentale, les ommet exprime le Bonheur; le Travail, l'Ordre et la Famille montrent le calme qu'il procure.

Sur le sommet des quatre portes secondaires, la France, entourée de trophées, offre des couronnes aux plus hautes intelligences.

Dans les jardins, au milieu de bassins de près de cent mètres de diamètre, s'élèvent des fontaines représentant les eaux des quatre parties du monde. Pour l'Europe, au sommet de l'un de ces palais nautiques, l'Océan reçoit dans ses bras la Méditerranée et la mer du Nord; au-dessous viennent les mers, telles que la Baltique, la mer Noire, l'Adriatique, la mer de Sicile, la mer Blanche, etc., etc.; puis les grands fleuves: le Rhin, le Danube, le Rhône, le Tage, chacun avec une intention symbolique: le Rhin, dans une attitude méditative, semble entretenir sa pensée des grands événements dont il a été le témoin; son pied repose sur des boulets; à ses côtés, deux figures cherchent dans le lit du fleuve les traces du choc des armées; l'une met en trophées des armes françaises, tandis que l'autre réunit des débris étrangers. Pour l'Asie, c'est le Gange, l'Indus et l'Euphrate; puis la mer des Indes, la mer Caspienne, le Volga, le Tigre. Pour l'Afrique, c'est le Nil, le Niger et le Tacazze. Pour l'Amérique, le Meschacébé, l'Orénoque et le fleuve des Amazones. D'autres fontaines secondaires représentent les eaux intérieures du pays : au sommet de l'une d'elles, la Seine se couronne d'immortalité en face du grand édifice élevé sur ses bords; chacune des fontaines est environnée de riches quinconces détachés par de larges avenues.

Le portique, formé de plus de trois mille colonnes, s'attache sans interruption aux contours de l'édifice; il est pavé de mosaïques de marbre, et sa voûte est décorée de bas-reliefs richement encadrés; il représente la Civilisation : ses parties avancées ou rentrantes sont l'image de la lutte continuelle de l'Intelligence, dont les victoires sont écrites dans les inventions, les découvertes et les progrès de toute nature; la muraille en fait connaître la date, et le marbre en retrace les auteurs debout entre les colonnes. Là, sont placés par catégories les hommes éminents de la science, des arts, de l'industrie, de la philanthropie, etc., etc. : les Monge, les Volta, les Galvani, les Michel-Ange, les Vinci, les Vaucanson, les Papin, les Jacquart, les Vincent de Paule, les Montyon, les Franklin, etc., etc.

La frise offre une suite de bas-reliefs représentant les occupations des hommes sur toute la terre. Une balustrade borde la terrasse, supportée par la voûte du portique, et reçoit les statues des hommes illustres de chacune des contrées retracées dans la frise. Au centre de cette plate-forme s'élèvent des monuments consacrés aux villes de l'antiquité.

Ainsi, après avoir présenté dans l'entre-colonnement les illustrations qui adhèrent encore à notre époque, le portique de cette sorte de Panthéon universel se couronne de la civilisation antique et de la civilisation moderne, partageant le monde, comme on le faisait autrefois, en deux grandes zones, l'Orient et l'Occident, et faisant voir successivement l'Inde, l'Égypte, l'Arabie, la Judée, la Grèce, l'Italie, etc., par leurs plus grandes illustrations et de villes et d'hommes. Tyr, avec Cyrus et Nemrod; Memphis, avec Ramsès et Sésostris : Babylone, avec Daniel et Esdras; Jérusalem, avec David et Jérémie; Athènes, avec Périclès et Démosthène; Carthage, avec Amilcar et Annibal; Rome, avec César et Marc-Aurèle....

Les salles que donnent les quatre points avancés de l'édifice central se reconnaissent à l'extérieur, non pas par des dômes, mais par des constructions qui en tiennent lieu; à leur sommet se remarquent des sujets symboliques, dont la réunion représente la marche de la science, prise à l'état présent : l'Orient, pénétré du besoin de sa régénération, se dégage des ornements dont la mollesse l'avait entouré; la Science fait briller à ses yeux de nouveaux destins. Auprès de ces groupes, sont Mahmoud II et Méhémed-Ali; et plus loin, ces deux types de la vieille civilisation de l'Asie, la Fatalité et le Despotisme. Le Nord, d'une main ferme retient la Barbarie, et de l'autre, presse avec amour contre sa poitrine la lyre et le gouvernail, ces deux symboles des arts et du commerce; la Science lui promet deux couronnes, celle de la puissance et celle du génie. Le Sud s'appuie sur les traces des Européens, et guide un soc encore grossier; la Science a lu dans l'avenir; elle promet à ce monde nouveau un sceptre d'or. L'Occident, au milieu des fruits de la civilisation, élève son regard vers le Créateur; la Science lui remet l'instrument qui donne l'équilibre; il doit servir à dresser l'édifice qui marquera le milieu des temps.

Dans chacun de ces groupes, on voit toujours la Science sous les mêmes traits : elle a des ailes aux temporaux; elle porte à la main un flambeau avec des rayons seulement, comme symbole de la lumière.

Au milieu de cours de deux cents mètres sur chaque face, et bordées par deux lignes d'arbres, s'élèvent à plus de cent mètres quatre tours consacrées aux arts et à l'industrie. A chacune des galeries principales qui séparent ces cours, deux cents colonnes de marbre conduisent à la salle du centre; on y parvient par quatre escaliers larges de plus de vingt-cinq mètres, et formés chacun de cent marches. Huit colonnes de cinquante mètres de haut servent d'appui à la coupole. Le chapiteau est orné de quatre figures de six mètres, représentant les grands hommes qui ont accéléré la marche de l'esprit humain : Charlemagne et Léon X, Descartes et Newton, etc. La colonne est décorée par quatre bas-reliefs en spirale, attestant les travaux de ces rares génies. A la clef de la voûte, douze figures d'or : ce sont les grandes inspirations; elles viennent du ciel; elles portent des flambeaux et foulent aux pieds les obstacles qui se dressent à leur rencontre.

Au-dessus des salles placées aux angles des galeries, entre le portique et les habitations des cours, s'élèvent des monuments, dont quatre, placés autour de l'édifice central, représentent les saisons, et les autres les mois.

Sur les grandes galeries, qui se dirigent des entrées vers le centre, ainsi qu'à la naissance de la tour principale, se voient la France et ses illustrations de toutes les époques, ses fleuves, ses rivières, ses canaux, ses provinces, ses départements et ses villes : ici; sur la ligne consacrée aux fleuves, c'est la Seine devant le monument qui représente Paris, le Rhône devant Lyon, la Loire devant Nantes, etc., etc.; puis les subdivisions anciennes du pays : la Normandie, la Bretagne, la Bourgogne, la Lorraine, représentées par leurs plus grandes figures, telles que Guillaume le Conquérant, Duguesclin, Charles le Téméraire, Stanislas Leckzinski. Pour peindre d'une manière complète l'histoire de ces faces du pays, la muraille présente, sur un fond reculé, une scène en ronde bosse qui en indique le fait le plus remarquable pris dans le sens civilisateur, c'est-à-dire le fait qui mit un terme à tant de divisions intestines, en fondant chacune de ces couronnes dans une seule, comme la prise de Rouen par Philippe-Auguste, la réunion de la Bourgogne au royaume de France, par Louis XI, et le traité qui nous assura la Lorraine à la mort de Stanislas, son dernier duc.

Au-dessus de cette sorte d'assemblée des civilisations où toute la terre est représentée, se forme la grande couronne des temps nouveaux. Là, de tous les points du globe, l'homme au génie vaste et utile peut avoir sa statue; mais il faut qu'un siècle au moins lui ait donné sa consécration; là doivent se réunir cent figures, mais cinquante seulement doivent s'y montrer dès l'origine, laissant entre elles un piédestal vacant, jusqu'à ce que soit bien reconnu digne d'y être placé, celui qui devra se trouver entre Condillac et Montesquieu, entre Descartes et Newton, entre Copernic et Gallilée, entre Fénelon et Bossuet, entre Buffon et Cuvier, Pascal et Larochefoucauld, etc., etc. A cette grande couronne, dont l'avenir doit compléter l'éclat, la pensée, ne trouvant plus d'horizon, se tourne de nouveau vers le passé pour lui demander encore de grands enseignements.

Le Moyen-Age et la Renaissance se présentent avec leurs figures illustres, groupées autour des contrées et des villes où elles naquirent : la France, avec Abailard, saint Louis, Suger et Philippe-Auguste ; l'Angleterre, avec Édouard Ier, Henry II et l'archevêque de Cantorbury ; l'Espagne, avec Abdérame, Alphonse Ier, le Cid et Pélage; Rome, avec Léon X, Michel-Ange, Raphaël et Bramante; Florence, avec Côme de Médicis, le Dante et Boccace; Venise, avec Foscari, Paul Véronèse et le Titien; Cologne, avec Albert Durer, Faust et Gutenberg. Puis, c'est l'antiquité dans ses temps de merveilles : l'Inde, l'Égypte, la Grèce et Rome entourent un temple consacré à leur gloire; là s'est inscrit le passage de l'esprit humain; la porte est égyptienne, les colonnes romaines et le fronton grec; ici se remarquent Moïse et Lycurgue, Solon et Numa, Archimède et Euclyde, Homère et Virgile, et devant eux est placée l'expression de leur génie sous les traits de la Législation, de la Sagesse, de la Science et de la Poésie. Ce temple indique les cultes antiques ; il montre à ses entrées, Bélus, Zoroastre, Jéhova, Osiris; puis il se couronne de tous les dieux de l'Olympe : Jupiter au milieu. entre Hercule et Apollon, comme symboles de la matière et de l'esprit.

La Gloire antique, à juste titre, devait dominer sur tant de civilisations qui lui durent leur éclat; c'est elle qui termine ce trophée historique sur lequel des Renommées étendent des palmes et des couronnes. Au sommet, après avoir enfanté tant d'immenses travaux, l'Esprit avait besoin de savoir à qui rendre grâce de sa dignité, s'il se devait tout, ou s'il n'avait été que l'instrument; il a reconnu que tout revient à celui qui a tout créé; l'Humanité, pleine d'une sainte émotion, se prosterne, et sa voix fait entendre un hymne de reconnaissance que l'Intelligence offre à Dieu.

La figure de l'Intelligence, haute de dix mètres, est debout au milieu d'un concert formé de trois cents figures; le même sentiment religieux est empreint dans toutes les intentions : l'âme se recueille, s'exprime, s'élève et s'exalte; chaque caractère est exprimé par la nature de l'instrument : les vieillards ont les contre-basses; les hommes dans la force de l'âge, les cors; les enfants et les femmes, les harpes et les lyres; et les hommes aux formes athlétiques, les instruments à percussion.

La grande figure est à plus de cent cinquante mètres du sol. Si l'on pense que les statues dont elle est entourée, même dans une proportion de six mètres, ne permettent pas facilement au regard d'apprécier toute la richesse de leurs contours à tant d'élévation, il faut considérer que cette couronne, déposée sur le sommet de l'édifice, est un hommage uniquement consacré à Dieu.

EMPLACEMENT.

Dans ce projet, l'imagination de l'auteur s'est complu dans son rêve: elle a voulu, pour un moment, voir l'édifice debout; après avoir longtemps soumis le plan de Paris à un profond examen, elle s'est pénétrée que nulle part le sol ne pourrait réunir plus d'avantages qu'à Montmartre, en admettant que le sommet de la montagne fût abaissé pour faire place au centre de l'édifice. Cette opinion hardie peut ne rencontrer, dès l'abord, que l'étonnement et l'incrédulité; mais à mesure qu'on la considérerait, peut-être se trouverait-on plus disposé à la partager. Dans ses accroissements successifs, Paris a déjà envahi toute la montagne qui borde la rive gauche de son fleuve et les deux tiers de celle qui s'élève à sa rive droite; et la ligne que suit depuis trois siècles le mouvement, la vie de la grande cité, cette direction dans laquelle chaque jour elle enfante de nouveaux quartiers, pour le commerce ou pour les arts, indique évidemment Montmartre, auquel les Batignolles, Monceau et Clignancourt, ont déjà réuni leurs constructions, presque toutes élevées et habitées par des Parisiens. On peut donc espérer que la montagne pourra se voir tout entière parmi nous; ce vœu, d'ailleurs, semble autorisé; les anciennes limites de la ville attestent de combien peut s'étendre sa ceinture; et ne doit-on pas désirer avec ardeur qu'un palais consacré aux arts et à l'industrie puisse un jour marquer à la fois le centre de Paris et la place où la civilisation aura trouvé son point milieu?

Affaiblis par des fouilles nombreuses et constantes, les flancs de la montagne de Montmartre ne supportent plus qu'avec peine la crête couverte d'une population qu'un instant pourrait ensevelir sous d'épouvantables décombres. La prudence, qui veille sans cesse à ce qu'une habitation menaçant ruine soit abattue, ne peut rester longtemps sans diriger son regard de ce côté, et peut-être sans commander le nivellement du sol.

Les propriétés n'offrent à Montmartre que des constructions de peu d'importance, et leur valeur est moindre chaque jour à mesure que s'accroît le danger qui les menace. L'emplacement pourrait donc, sous ce point de vue, présenter des avantages; et si l'on pouvait l'adopter, quelle ne serait point la magnificence produite sur toute la ville de Paris et sur les riches campagnes qui l'environnent, par ce gigantesque trophée, qui signalerait au loin, dans toutes les directions, et pour de longs siècles, la métropole de la civilisation!

FIN.

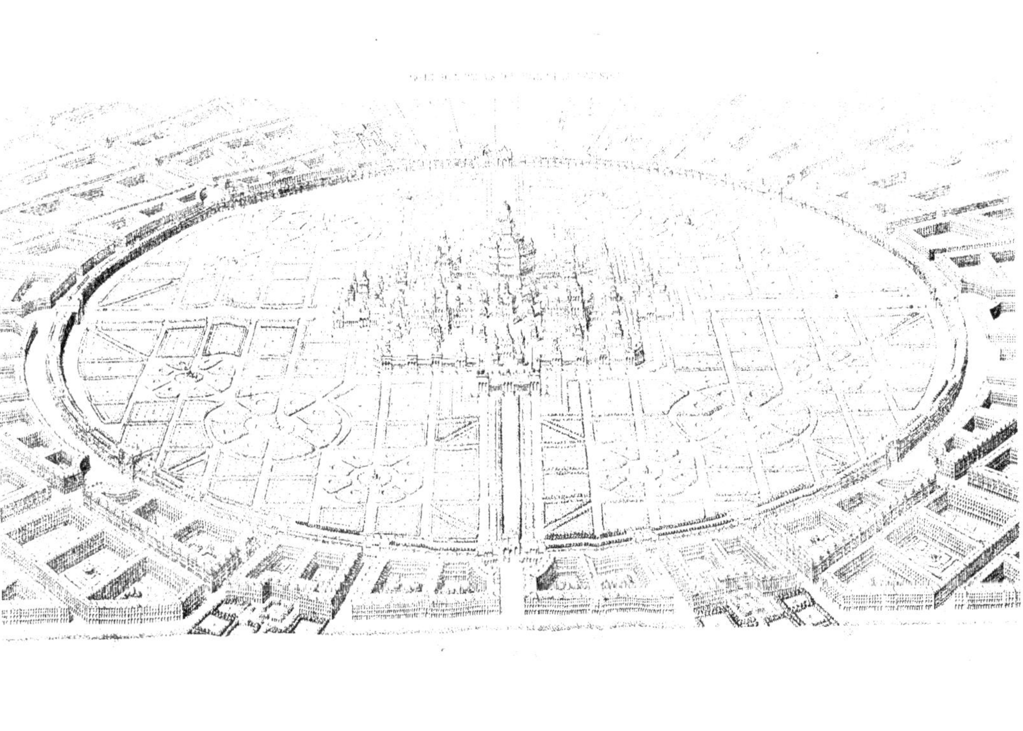

Élévation d'une des portes principales et de la galerie circulaire.

Coupe des galeries.

Élévation d'une des fontaines principales.

Coupe sur l'axe de la porte.

Élévation d'une partie de la rue circulaire.

Élévation de l'Édifice central.

31

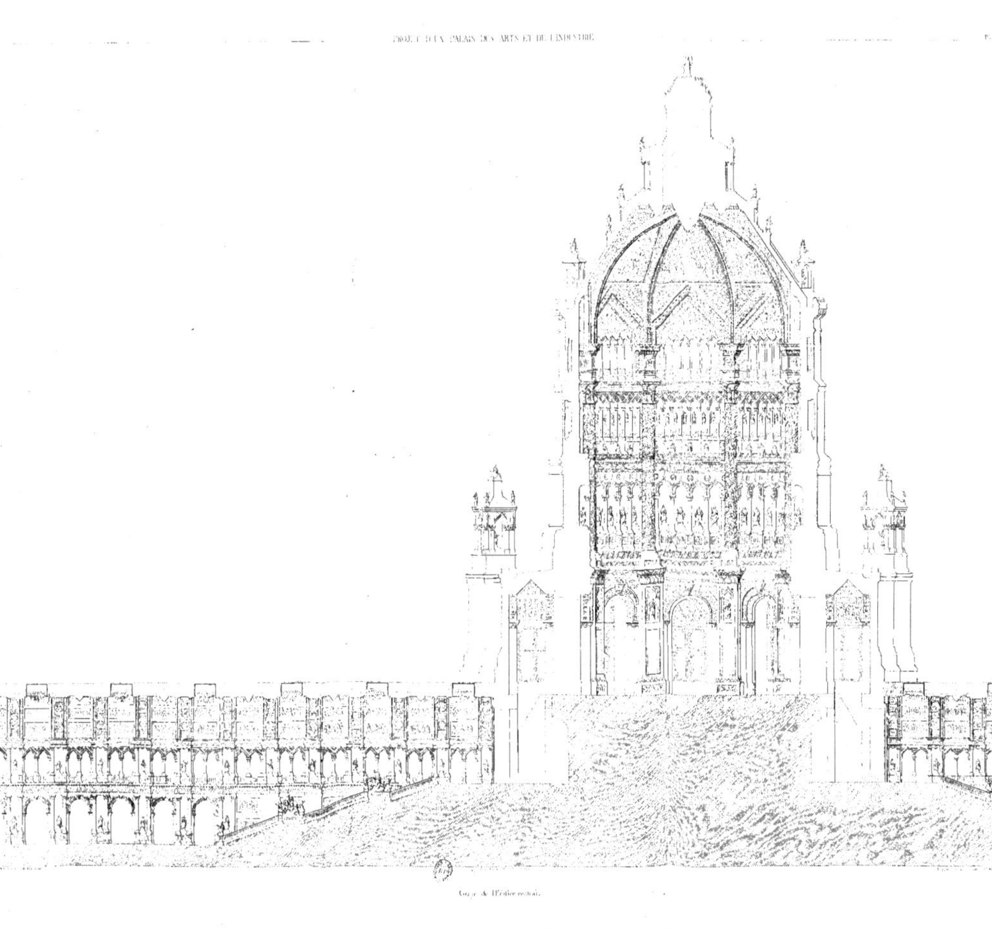

Coupe de l'Édifice central.

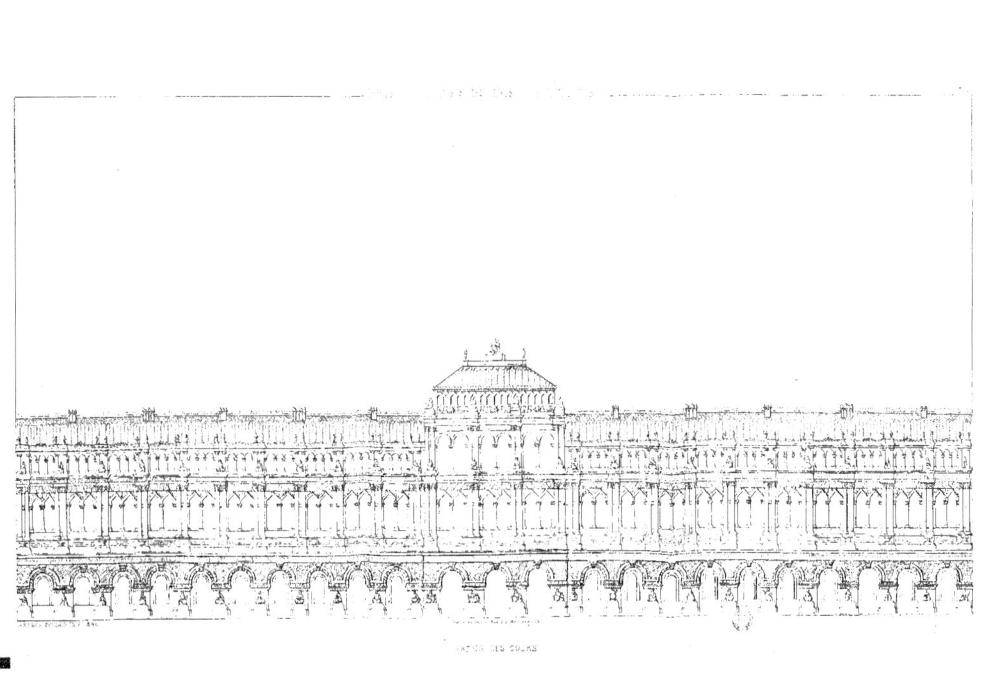

La Foi.

La Paix.

Le Progrès.

Le Bonheur.

...E. POUDER. INV. 1842.

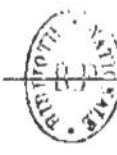

COURONNEMENT DES PORTES PRINCIPALES.

Orient.

Nord.

Sud.

Occident.

COUDER INV. 1840.

Imp. chez Simon, 18. Rue J. Jacques Rousseau.

MARCHE DE LA SCIENCE

COURONNEMENT DES SALLES D'ENTRÉE DE L'ÉDIFICE CENTRAL.

L'ÈRE PROCHAINE.

La raison, comme un astre, à d'éclatants indices
Signale par degrés ses merveilleux solstices,
Phases des éternels décrets.
De la vertu, de la science,
Le guide est dans la conscience,
Qui pressent les divins secrets.
Quel cercle immense et vierge encore
L'esprit humain va parcourir!
Le passé n'a vu que l'aurore
Des temps qui doivent resplendir:
Les plus beaux germes vont éclore.

Viens accomplir nos vœux, Ère grave et féconde;
Inscris sur notre sol l'âge viril du monde;
Élève un trophée au progrès!
Que l'avenir passe et s'incline
Dans le champ où la main divine
Jeta les siècles pour engrais.
L'homme sent qu'il doit entreprendre
De saints et sublimes travaux;
Là seulement il peut entendre
Le sens caché des derniers mots
Que Dieu lui permet de comprendre.

Rien n'est grand que par toi, Père de la nature!
Si l'esprit est fécond, l'âme immortelle et pure,
Tous deux sont émanés de toi.
Que seraient pour nous la lumière
Et tous les trésors de la terre,
Sans la pensée et sans la foi?
Sur le sommet de sa puissance,
L'humanité dresse l'autel,
Où sans cesse l'intelligence,
Du sein d'un concert éternel,
T'offrira sa reconnaissance!

AMÉDÉE COUDER.

PROJET D'UN PALAIS DES ARTS ET DE L'INDUSTRIE

L'INTELLIGENCE OFFRE A DIEU LA RECONNAISSANCE DES HOMMES

www.ingramcontent.com/pod-product-compliance
Ingram Content Group UK Ltd.
Pitfield, Milton Keynes, MK11 3LW, UK
UKHW021219230726
13926UKWH00003B/1122

9 782013 685382